LES BORDS

DE LA

BIDASSOA,

POEME EN UN CHANT ET EN VERS,

Par un ancien volontaire royal du département de l'Aisne,

Ferdinand dans les fers ! ! c'est mon sang qui m'appelle
Contre la faction barbare et criminelle !

A PARIS,

Chez DELAUNAY, Libraire, Palais Royal.

A RHEIMS,

Chez DOYEN, Libraire, sous les Loges de la Couture.

A CHATEAU-THIERRY,

Chez BEAUVALET, Libraire, Carrefour Jean Lafontaine.

A CHÂTEAU-THIERRY, DE L'IMPRIMERIE DE DECROLLES.

AVERTISSEMENT.

Dans un moment où l'Europe a les yeux fixés sur cette malheureuse Espagne, quel Français peut rester insensible aux traits héroïques qui signalent nos succès ! Vivement pénétré des vertus sublimes de l'auguste Prince, généralissime, qui s'avance si royalement, et qui communique sa gloire à notre fidèle armée ; j'ai voulu retracer en peu de mots les grands événemens de la Bidassoa, qui ont anéanti les traîtres, manifesté le pouvoir d'un Bourbon ! Comme c'est au cœur Français que je parle, je suis sûr de l'intéresser, et même de gagner son indulgence, pour les fautes qu'on pourrait trouver dans ce petit poëme, que la circonstance présente peut rendre agréable. Sans doute on pouvait mieux dire, et je suis loin d'être à la hauteur du sujet; mais comme on ne saurait surpasser la pureté de mes intentions, j'avertis mes lecteurs que mes momens sont rares pour un travail de ce genre, mes amis apprécieront cette vérité, ils plaideront ma cause auprès d'un censeur trop sévère, et certain de cette protection, je livre au public ce petit ouvrage, qu'un digne magistrat sensible autant que zélé pour son Prince, a daigné honorer de quelques rectifications : loin de taire cet obligeant service, c'est ouvertement que je lui en témoigne ma vive reconnaissance.

LES BORDS

DE LA

BIDASSOA.

Digne fils de *Henry*, digne Prince Français,
Grand dans l'adversité, sublime en vos succès !
J'entreprends de chanter cette vertu guerrière,
Qu'on voit dans les Bourbons toujours héréditaire.

1.

Décrire les hauts faits annonçant un grand cœur,
C'est pour qui vous chérit un instant de bonheur.
En sujet pénétré, souffrez que je ne fasse
Du Prince et du soldat, la loyauté française !
Quand par vous animés, cent mille combattans
Sont pleins d'humanité, généreux et vaillans,
Je dis : c'est un héros, c'est l'appui de la France,
Qui grave dans leurs cœurs, ses traits de bienfaisance.
Il imprime partout cette rare valeur
Qui de chaque guerrier fait un libérateur.
Son éloquente voix mille fois répétée,
Vole d'un bout à l'autre électriser l'armée !
Sur le drapeau sans tache elle porte un regard,
Disant pleine d'ardeur : voilà notre étendard,
L'oriflame sacré, garant de la victoire ;
Marcher sous ce drapeau, c'est marcher à la gloire !
Oui ! pour elle, on verra, répètent les Français,
Courage et loyauté, signaler nos succès.
Antoine attend de nous, dans la guerre présente,
De ces deux sentimens, rivalité constante.
A l'Europe attentive à ce fameux débat,
Hâtons-nous de montrer les appuis de l'État ;
Aux traîtres rassemblés, tachés de perfidie,
Prouvons que nous aimons le Prince et la Patrie ;
Rejetons leurs projets avec indignité,
L'honneur nous le commande et la fidélité !
A ces traits généreux, à ce noble langage,
Des enfans de *Louis*, je reconnais le gage ;
J'en voudrais partager la gloire et les travaux,
Et cueillir des lauriers, sur les pas d'un héros !

Mais peindre les beaux traits qu'inspire sa présence,
C'est dans l'éloignement sentir son influence;
Publier ses vertus: c'est vivre sous sa loi,
C'est servir son pays et c'est aimer son Roi.

A peine on jouissait des dons de l'espérance,
Du repos, si long-temps exilé de la France;
A peine éprouvait-on ce changement heureux,
Qui rendit la splendeur à des jours ténébreux;
Qui dissipa le deuil, arrêta le ravage
D'un despote fameux pour aimer le carnage.
Le retour de *Louis*, des Princes escorté,
En rendant le bonheur, chassait l'adversité;
On oubliait ces temps : terribles, sanguinaires,
Ces combats meurtriers qui moissonnaient nos frères,
Dont l'insigne valeur nous atteste aujourd'hui,
Qu'ils seraient des Bourbons et la gloire et l'appui.
Louis nous revenait; *Louis* semblait nous dire :
Je reviens ranimer le Français qui soupire;
Les maux de mes enfans ont affecté mon cœur,
Et j'arrive être père, et Roi consolateur !
A des mots si touchans, la France pénétrée,
Reconnaissait le sang de la tige sacrée :
Celui du grand *Henry*, dont la sublimité
Portera son modèle à l'immortalité !
Qui pouvait méconnaître un Souverain si tendre,
Si bon dans ses désirs, si facile à comprendre;
Fallait-il, ô mon Roi, que l'esprit infernal

Témoin de vos souhaits, vous jurât tant de mal ;
Ah! malgré vos bontés, et trente ans de souffrances,
Il nourrissait toujours ses horribles vengeances :
Perfide, entreprenant, audacieux, menteur,
Les complots les plus noirs attisaient son ardeur.
Dans l'ombre il agissait, et son bras téméraire,
Ne s'exerçait que trop à servir sa colère,
Il n'était que le crime, et ses vils serviteurs
Pour oser réveiller ses anciennes horreurs !
Qu'elle a mal entendu, cette affreuse cohorte,
L'esprit du repentir, et les fruits qu'il apporte :
Pourquoi ne pas venir le cœur rempli de foi,
Pénétré de regrets, tomber devant son Roi,
Abjurer ses erreurs, se déclarer coupable,
Et des forfaits commis faire amende honorable ;
La discorde à l'instant revolait aux enfers,
Et la France donnait la paix à l'univers !

Mais le méchant n'a pas de retour si sublime,
Et le crime mourant, veut mourir dans le crime :
Vouloir qu'il se repente, il en est irrité,
Pensant qu'il n'est pas fait pour tant d'humilité,
Le Roi, si surveillant, si profond par l'étude,
Démêle tous ses vœux et son ingratitude ;
En juge pénétrant, il prévoit sans détour
Le temps où ses arrêts le frapperont un jour ;
S'il tarde, c'est qu'il aime en sa haute sagesse
A séparer l'erreur de la scélératesse.

Le génie du mal, ardent persécuteur,
En observant *Louis*, s'accuse de lenteur;
Il dit que sa prudence est acte de faiblesse,
Et sur ce faux calcul, il conspire sans cesse;
Il intrigue à Paris, étincelle au Sénat,
Et va de ville en ville et d'État en État;
Il brave la justice, et dans son insolence,
Ose des Souverains attaquer la puissance!
Mais il vole à sa perte, et sa témérité
Nous présage le sort qu'il a trop mérité.

Aux fureurs d'un parti, sous les maux qu'il enfante,
L'Espagne succombait; et d'une voix mourante
Invoquant le secours, signalait le danger
Que la France courait au sein de l'étranger.
Du côté de la Seine, et sur les bords du Tage,
On connaissait l'accord qu'avait formé la rage;
Déjà *Ferdinand sept*, dans sa captivité,
Proclamait la valeur du nom de *Liberté* !
Sur sa tête royale, un nouveau régicide,
Répétait que son sang était un sang perfide;
Que le nom de Monarque était un attentat
De cette liberté, du peuple et de l'État;
Et qu'enfin vers le Nord, la puissance étrangère
Faisait des Souverains, les tyrans de la terre!
Ces mots ont retenti dans les palais des Rois;
Dans l'asile sacré des protecteurs des lois.
Le grand cœur de *Louis*, saigne de cette injure,
Outrageant à la fois le trône et la nature.

Le nom de ses ayeux qu'insultent des pervers,
Lui montre clairement un Bourbon dans les fers !
Pénétré de douleur, il appelle son frère,
Et son fils adoptif, et l'ange tutélaire :
Ferdinand, leur dit-il, est sans autorité,
Et comme *Louis seize*, il est persécuté ;
De ce malheureux prince il a la destinée,
Car la hache, à son tour, sur sa tête est levée !
Le parti des Cortès veut détruire un Bourbon,
Il veut plus :.... il veut tout le sang de ma maison !
Le projet est certain, l'esprit qui l'accompagne
Menace doublement et la France et l'Espagne.
L'orage est effrayant, et les feux de Madrid
Vont donner le signal pour embraser Paris !
Protecteur de ce sang en butte à la furie
Je veux en l'attaquant prévenir l'incendie !
Antoine, mon cher fils, va trouver nos guerriers,
L'amour qu'ils ont pour nous te promet des lauriers :
De *Ferdinand* captif, cours à la délivrance,
Et d'un peuple abattu relève l'espérance.
Du nom de conquérant ne berce pas ton cœur :
Le plus beau, c'est celui de pacificateur.
Ce peuple est innocent, la royale victime
Ne voit dans ses tourmens qu'un parti qui l'opprime.
De l'ame de *Henry* consulte les beaux traits,
Le bonheur le plus doux est celui des bienfaits.
Tes pas seront marqués par la vive allégresse,
Et d'un Prince Français voilà la seule ivresse ;
Le nom le plus heureux, c'est celui qu'on bénit,
Et le temps, ô mon fils, jamais ne le ternit.

Antoine en écoutant un père qu'il adore,
Du jour le plus brillant voit paraître l'aurore;
Du sang de ses ayeux, il sent tout le pouvoir,
Et le Roi le plus sage affermit son espoir.
Oui! dit-il : ô *Louis*, Nestor que je révère!
Délivrer un Bourbon, cette gloire m'est chère;
Je brûle d'attaquer ces sujets si cruels,
Féroces ennemis des trônes, des autels!
Ferdinand dans les fers! c'est mon sang qui m'appelle
Contre la faction barbare et criminelle!
Je jure, au nom des Rois, de lui prêter appui,
Et je cours le venger ou périr avec lui!

Le héros du Midi, plein d'une ardeur guerrière
Et de ses grands desseins, vole vers la frontière;
Il voit en l'approchant la chaîne des remparts
Et des superbes lys flotter les étendards;
A l'aspect imposant qu'offrent les Pyrénées,
Le premier vœu du Prince est au Dieu des armées;
Suivant l'antique usage, en ce jour solennel,
Il implore en son cœur l'appui de l'Éternel.
La vive piété, si sainte, si profonde,
D'un fils très-chrétien, plaît au maître du monde;
De son soufle divin, il porte dans son cœur,
Et la douce espérance, et l'ame d'un vainqueur;
De sa céleste voix il approuve la guerre
E sur l'Espagne en feu, fait gronder son tonnerre.

Antoine pénétré, précipite ses pas
Vers le camp des Français, où cent mille soldats,
Vrais enfans de *Louis*, soutiens de sa couronne,
Brûlent de commencer les travaux de Bellonne.
Ils attendaient *Antoine*, et chacun à son rang
Était sous les drapeaux, pour l'honneur de son sang,
Tous ardens de mêler au salut militaire,
Le cri d'amour, si vif, pour le fils et le père !
C'est dans ce beau moment que le Prince apparaît,
Et que le sentiment éclate à son aspect !
Antoine en est ému ! ces chants remplis de charmes,
Sont des traits éloquens qui font couler ses larmes.
Mes enfans, leur dit-il, me voilà près de vous ;
Je remplace le Roi, son cœur est avec nous :
J'arrive partager vos travaux, votre gloire,
Des braves tels que vous, ne vont qu'à la victoire !
La guerre est nécessaire, et de hauts intérêts
Pour la France et l'Europe, ont dicté ses arrêts,
L'Espagne n'est qu'un feu pour qu'il cesse ou s'appaise,
Il n'est que vous, soldats, où la valeur Française !
Un parti furieux s'agite dans son sein,
Et c'est lui qui nous met les armes à la main !
Il enchaîne un Bourbon !... *Ferdinand* sur sa tête,
Voit éclater les maux qu'amène la tempête !
Ses fidèles sujets enchaînés comme lui
Ne peuvent le sauver, il leur faut un appui ;
Que le drapeau des lys aux Français les rallie,
Et d'un joug odieux délivre leur Patrie.
A l'auguste captif, rendons la liberté,
Et vengeons, à la fois, l'honneur, l'humanité !

Des cent mille soldats le transport unanime,
Reporte vers le Prince un sentiment sublime ;
L'écho qui le reçoit retentit de ces mots :
La vertu nous enflamme et nous rend des héros !
Attaquons, disent-ils, la faction impie
Qui méconnait *Louis*, père de la Patrie !
Que ce fer la renverse, ou mourons tous pour lui,
Pour le meilleur des Rois, le plus grand d'aujourd'hui !
Qu'*Antoine* nous commande ; il saura nous instruire
De ceux qu'il faut frapper, consoler ou détruire ;
C'est au champ de l'honneur que nous voulons marcher,
Le sang du grand *Henry* a trop su nous toucher !

Le Prince, à ces accens, se recueille en soi-même,
Et ressent les effets de la grandeur suprême ;
De la reconnaissance ; il pense à *Ferdinand* ;
Son cœur est ulcéré du sang qui se répand ;
Il craint, dans sa bonté, que celui de la France
Ne coule aussi bientôt en trop grande abondance ;
Sa perte le pénètre et l'absorbe un moment,
Et du héros pieux, trace le sentiment !

. . . .

. . . .

Ah ! dit-il aux Français, faut-il que la discorde
Trouble les dons chéris que la paix nous accorde ;
Aux rigueurs de la guerre, aux chances des combats
Faut-il voir exposer tant de braves soldats,
Dont le zèle si pur, dans ces grandes journées,

Est l'honneur de la France et l'éclat des armées !
Du sang de Saint *Louis*, de ce sang vertueux
Le sang Français est digne, il est franc, valeureux !
Comme le grand *Henry*, j'en suis toujours avare,
Et pour le prodiguer je sens qu'il est trop rare.
Ces mots portent au cœur, et les enfans de Mars
Appellent aussitôt les combats, les hasards !
Chacun brûle déjà pour prouver ses services
De porter sur son front de nobles cicatrices ;
Plus les dangers sont grands, plus on voit la valeur
Supplier pour voler à ces postes d'honneur.

Vers la Bidassoa, mémorable rivière,
S'avançait sous les lys la phalange guerrière,
Sur l'autre bord du fleuve, on voyait s'élever
Un drapeau que les airs souvent faisaient flotter,
Dont la couleur proscrite avait la destinée,
De signaler sa honte et d'éprouver l'armée !
Le crime le portait et d'un ton séduisant
Il exerçait en vain son pouvoir expirant ;
D'une main téméraire il agitait ce signe
Que le soldat maudit, de même qu'il l'indigne !
Sous son ombre on voyait d'infâmes déserteurs,
Déguisés sous les traits de hideux corrupteurs ! !
On entendait aussi leur clameur infernale
Retentir en faveur de l'armée impériale !
Fuyez ! allez porter dans le fond des enfers
Vos regrets, vos complots, vos éloges pervers !

Quittez ce noble sol de l'antique Ibérie,
Ce sol de l'honneur seul doit être la Patrie !
Fuyez, traîtres, fuyez ! où l'airain à l'instant
De ces bords va frapper l'écho retentissant !
Eh quoi ! vous résistez ! .... A moi, guerriers fidèles !
Vive, vive le Roi ! mort aux sujets rebelles !

Les traîtres ne sont plus ! ... A tes vaillans soldats,
Brave et loyal *Vallin*, du chemin des combats
Ta noble fermeté, dans ce jour mémorable,
Traça le guide sûr, le seul guide honorable.
Honneur te soit rendu ! que ton nom désormais,
Inscrit au premier rang dans les fastes Français,
Redise à nos neveux que, passionné de gloire,
Fidèle à ses sermens, fidèle à la victoire,
Sous *Louis* désiré, comme au temps de *Henry*,
Du cri : vive le Roi ! de ce cri si chéri,
Le Français fit toujours pour l'honneur de la France,
Le cri de la vertu, le cri de la vaillance.

www.ingramcontent.com/pod-product-compliance
Lightning Source LLC
Chambersburg PA
CBHW061447170626
46811CB00005B/2407

* 9 7 8 2 0 1 9 5 8 1 9 9 2 *